SOÑÉ...

NUEVA GENERACIÓN

Rogel, Andrea
Soñé / Andrea Rogel; ilustradora Mariana Nemitz. – Bogotá :
    Cangrejo Editores, Ediciones Gato Azul, 2010.
24 p. : il.; 21 cm.
ISBN 978 958 8296 29 6
        1. Muerte – Aspectos psicológicos – Literatura infantil 2.
    Luto – Aspectos psicológicos – Literatura infantil 3. Apego
    (Psicología) – Literatura infantil 4. Libros ilustrados para
    niños I. Nemitz, Mariana, il. II. Tit.

I155.937 cd 21 ed.
A1267976

        CEP-Banco de la República – Biblioteca Luis Ángel Arango

1ª edición: septiembre de 2010

© Cangrejo Editores, 2010
    Carrera 24 No 59-64, Bogotá D.C., Colombia.
    Telefax: (571) 252 96 94, 434 41 39
    E-mail: cangrejoedit@cangrejoeditores.com
    www.cangrejoeditores.com

© Ediciones Gato Azul, 2010
    edicionesgatoazul@yahoo.com.ar
    Buenos Aires, Argentina.

ISBN: 978-958-8296-29-6

Preparación editorial: Cangrejo Editores
Preprensa digital: Cangrejo Editores

Proyecto y realización: Sandra Donin. Proyectos Editoriales
Diseño: Martha Cuart

Textos: Andrea Rogel
Ilustraciones: Mariana Nemitz

Impreso por: Colombo Andina de Impresos S.A.
Impreso en Colombia – Printed in Colombia.

SOÑÉ...

Andrea Rogel
Mariana Nemitz

Ediciones
GATO AZUL

CANGREJO
EDITORES

NUEVA GENERACIÓN

SOÑÉ...

Que mi papá
se comía
una cebolla violeta
y se moría.

DESPERTÉ

Mi papá leía
el diario y me
untaba una tostada
con dulce.

SOÑÉ...

Que mi hermanita
no podía sacar
su cabeza de
abajo del agua.

DESPERTÉ

Mi hermana
jugaba
con nosotros
en el parque.

SOÑÉ...

Con mi perro
Juancho.

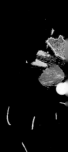

DESPERTÉ

Mi perro Juancho
estaba muerto.
Yo sabía que esto
iba a suceder.
Estaba viejo
y enfermo.

SOÑÉ...

Que le sacaba
la tierra
que lo cubría.
Estaba vivo.

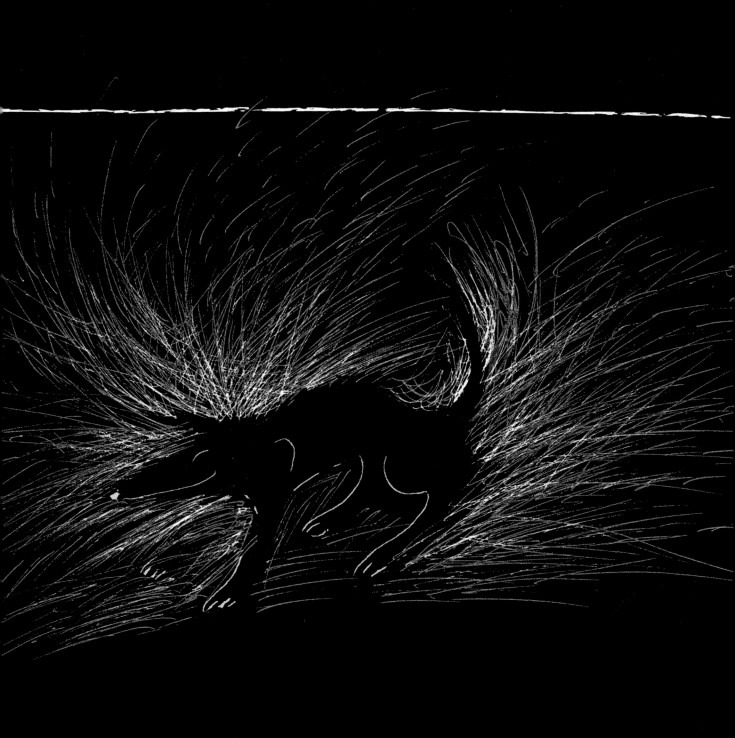

DESPERTÉ

Busqué fotos
y más fotos.
Encontré
su collar.

SOÑÉ...

Que aparecía el señor
con la pala.
Un perro lo acompañaba.
Era Juancho.
Me acerqué a ponerle
el collar.
El perro escapó.

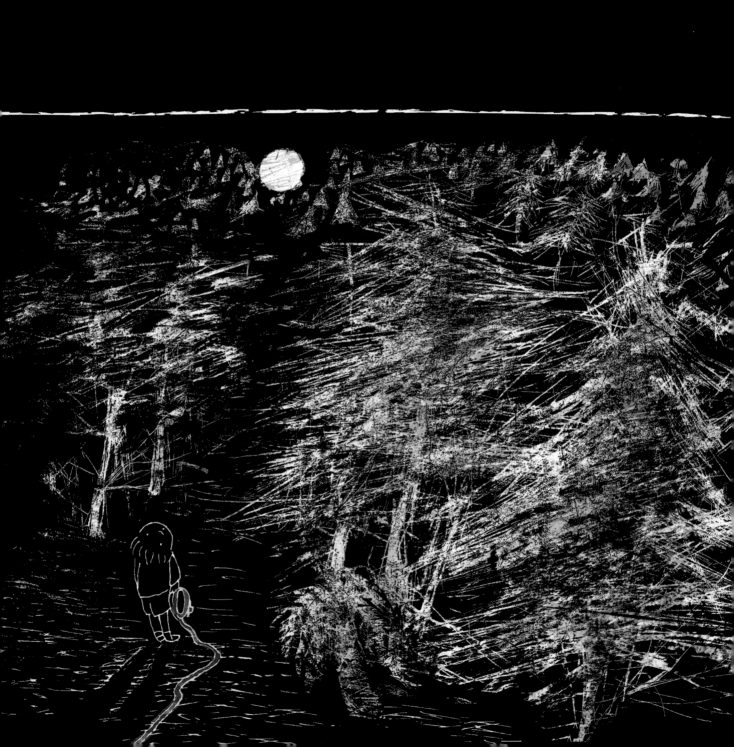

DESPERTÉ

Mamá y papá
habían dejado
una sorpresa al
costado de mi cama.

El collar aún
le queda grande,
pero algún día
le quedará bien.